MAITRE JOB

OU

MA FEMME ET MON TÉLESCOPE,

VAUDEVILLE EN UN ACTE,

Par M. FERRÉ-SAINT-FIRMIN,

Représenté, pour la première fois, sur le théâtre de l'Ambigu-Comique, le 30 avril 1838.

PRIX : SIX SOUS.

PARIS,
MORAIN, LIBRAIRE-ÉDITEUR,
au Cabinet Littéraire,
RUE DU FAUBOURG SAINT-MARTIN, N° [illegible],
AU COIN DU PASSAGE DE L'INDUSTRIE.
1838.

MAITRE JOB,

OU

MA FEMME ET MON TÉLESCOPE,

VAUDEVILLE EN UN ACTE,

Par M. Ferré-Saint-Firmin.

REPRÉSENTÉ POUR LA PREMIÈRE FOIS SUR LE THÉATRE DE L'AMBIGU COMIQUE LE 30 AVRIL 1838.

PERSONNAGES.	ACTEURS.	PERSONNAGES.	ACTEURS.
MAITRE JOB, vieil opticien.	M. St-Firmin.	ELISABETH, nièce de Job. .	Mme. Baube.
RILPERT, sergent des gardes du Landgrave.	M. Dortigny.	LA MÈRE GUILHEM, femme du peuple.	Mme. Laure.
THIERRY, apprenti de Job.	M. Armand.	Deux Gardes du Landgrave.	
WALRADE, femme de Job.	Mme. St-Firmin.	Peuple.	

La scène se passe à Rudelforf.

Le décor représente une boutique d'opticien, vitrage au fond donnant sur la rue, porte vitrée au milieu, portes latérales à gauche; sur le devant de la scène un établi; à droite une table servant à manger, un poële dans un coin.

SCÈNE PREMIÈRE.

JOB, THIERRY.

Job travaille à un verre de lunette qu'il cherche à mettre dans un cercle; il est très distrait et prend souvent du tabac. Il a une paire de lunettes qu'il porte sur le bout du nez. Il n'entend ce qui se dit autour de lui que lorsqu'il prend une prise.

THIERRY. Voilà la montre prête, maître Job... elle ne bougera plus; du reste c'est un joli travail.

JOB, *occupé de son verre.* Joli... c'est un travail immense qui doit étonner l'Allemagne.

THIERRY, *regardant toujours la montre.* Oh! oh... on en trouverait peut-être.

JOB, *de même.* En trouver... malheureux! les plus grands connus jusqu'à ce jour n'ont pas plus de 2 pieds de circonférence.

THIERRY. Une montre de 2 pieds?.. ça me fait assez l'effet d'une horloge.

JOB. Tandis que mon œuvre aura dix fois cette grandeur.

THIERRY. Dans le genre de celle de maître Artemann de Baden.

JOB. Artemann?.. Artemann n'a pas fait dans sa vie, une bonne paire de lunettes et l'apparition de mon télescope le fera mourir de jalousie.

THIERRY *à part.* Ah! bon! il s'agit du télescope.

SCENE II.

LES MÊMES, ELISABETH.

ELISABETH. Bonjour Thierry.

THIERRY. Bonjour mademoiselle Elisabeth.

ELISABETH, *regardant Job.* Chut!.. mon oncle.

THIERRY Oh! nous pouvons parler... il n'entend rien, il est enfoncé dans son télescope.

JOB, *qui prend une prise entend le dernier mot.* Oui, il sera miraculeux, mon, télescope, comprends-tu, Thierry, un instrument d'Optique au moyen duquel on verra dans tous les astres aussi facilement que dans la main.

THIERRY, *prend la main d'Elisabeth.* Oh, oui maître, c'est une jolie chose.

JOB.

Air : *De sommeiller encore ma chère.*)

Vois d'ici l'objet admirable.

THIERRY.

Oh oui, d'avance je vous crois
L'objet est aussi beau qu'aimable.

JOB.

Quel immense effet tu conçois
Produira le fruit de mes veilles.

THIERRY.

Du ciel je crois me rapprocher

JOB.

Il est doux de voir des merveilles.
(*une prise.*)

THIERRY, *baisant la main d'Elisabeth.*

Encore plus doux de les toucher.
S'il est doux de voir des merveilles
Il est plus doux de les toucher.

ELISABETH, *bas.* Soyez sage, Thierry! ma tante pourrait nous surprendre, vous savez qu'elle me défend de vous parler.

THIERRY. Oui, je sais même qu'elle vous a battue pour cela...

ELISABETH. Oh! elle ne m'a pas fait beaucoup de mal.

THIERRY. Vous ne dites pas tout, mais moi je devine chaque fois que vous avez pleuré.

ELISABETH *bas.* Il est vrai que ma tante Walrade ne me rend pas bien heureuse.

THIERRY. Pardi, et si elle ne veut pas vous laisser marier, c'est pour se conserver le plaisir de vous maltraiter tout à son aise.

ELISABETH. Encore si sa mauvaise humeur tombait sur moi seule, ça me serait égal, je supporterais ses mauvais traitemens sans me plaindre... mais c'est mon oncle qu'elle tyrannise nuit et jour. Mon pauvre oncle qui est si bon, n'a pas une minute de repos et si quelque fois vous me voyez triste, c'est plus pour lui que pour moi même.

THIERRY. C'est vrai qu'il n'y a pas dans toute notre ville de Rudeldorf un homme plus tracassé, plus malheureux que maître Job.. heureusement qu'il oublie tout quand il travaille à son grand œuvre comme il l'appelle.

ELISABETH. Mais puisqu'elle l'empêche d'y travailler... qu'elle va jusqu'à lui cacher ses outils.

THIERRY. C'est donc ça qu'il cherche son grand compas depuis hier matin... oh! tenez, madame Walrade est une femme exécrable...

JOB, *une prise* C'est une grande vérité, Thierry; tant qu'elle vivra, je n'ai pas l'espoir de finir mon telescope... elle s'oppose...

THIERRY Elle s'oppose à tout ce qui peut rendre heureux, vous savez, maître, combien j'aime votre nièce.., enfin vous étiez d'accord avec mon père pour notre mariage, il n'y a donc que madame Walrade...

JOB. Je te répète qu'elle s'oppose à...

THIERRY. Mais enfin vous êtes le maître, et si vous vouliez en finir...

JOB. Tu vois que j'y travaille.

THIERRY. A mon mariage...

JOB, *regarde.* Quel mariage...

THIERRY. Au nôtre...

JOB, *voyant Elisabeth.* Ah! tu es là, ma nièce? vous voulez donc toujours vous marier?

ELISABETH, *passant à lui.* Dam... oui mon bon oncle et si vous vouliez bien... car enfin notre bonheur à tous dépend de votre volonté.

JOB, *se remettant à l'ouvrage.* Je ne demande pas mieux et sitôt que j'aurai terminé mon...

THIERRY. Votre télescope... ah! bien... nous n'y sommes pas.

ELISABETH. Ah! mon oncle... nous serons trop vieux.

THIERRY. C'est à dire que nous serons tous morts... dans la maison.

JOB, *travaillant.* Alors... je pourrai travailler tranquillement.

THIERRY, *à part* Si je pouvais lui monter la tête. (*haut*) mais si une bonne fois vous vouliez être le maître, vous feriez votre volonté, tandis qu'en vous soumettant à celle de votre épouse tout le monde prétend que vous êtes complice de ses mauvaises actions.

JOB Moi! je n'ai jamais fait de mal à personne.

THIERRY. C'est vrai, mais madame Walrade en fait pour vous et en votre nom... et toute la ville vous blâme.

JOB. Vraiment?...

THIERRY. Monseigneur de Landgrave, comme vous savez, vous aime beaucoup; il avait toujours du plaisir à vous voir, à causer avec vous de votre science, de votre génie...

JOB. Eh bien?

THIERRY. Eh bien depuis long-tems

vous n'allez plus au palais... monseigneur dit que c'est de l'ingratitude.

JOB, *attendri*. Il croit cela... mais non Thierry, non... je ne suis pas ingrat... c'est que j'ai beaucoup d'ouvrage... c'est que...

ELISABETH. C'est que ma tante a enfermé son habit et son chapeau... et que mon pauvre oncle ne peut plus sortir.

JOB. Pourquoi dire cela?

THIERRY. Comment plus d'habit, plus de chapeau! en voilà une condition ! ne pas pouvoir se promener, être obligé de regarder le soleil par la fenêtre, on a bien raison de dire qu'avec tout votre savoir, qu'avec l'aisance que vous avez acquise par votre travail, vous êtes plus malheureux cent fois que les mendians de la rue.

Air: *Couplet final de Rosette.*

Quand je vous vois souffrir sans murmurer
L'horrible humeur d'une femme irascible,
Jusques au nom tout vous fait ressembler
A ce malheureux Job dont nous parle la bible.

JOB.

Le vieil hébreu que tu cites, ma foi,
Sur son fumier tout nu dans sa misère
Etait vraiment moins malheureux que moi
Il n'avait pas un télescope à faire.

(*Il se remet à travailler.*)

THIERRY, *à Elisabeth*. Tenez mademoiselle Elisabeth, il ne faut pas compter sur votre oncle.

ELISABETH. Et encore moins sur ma tante.

Mad. VALRADE, *parait à la porte*. (*à part.*) Ah ! encore à jaser ensemble.

THIERRY. Quelle femme, mon dieu... comment nous ne pourrons donc jamais la prendre dans un bon moment!

SCENE III.

LES MÊMES, Mad. VALRADE.

Mad. WALRADE, *qui s'est approché*. Eh bien, j'y suis dans un bon moment.

THIERRY, *effrayé*. Bien vrai?..

ELISABETH, *s'éloigne et se met à ranger*. Elle était là...

WALRADE. Je t'écoute...

THIERRY, *bas à Elisabeth*. J'ai envie de lui dire .. elle a l'air de bonne humeur...

ELISABETH, *bas*. Il ne faut pas s'y fier...

WALRADE, *passe au milieu*. Elisabeth, allez à votre ouvrage... ce garçon a quelque chose à me dire.

ELISABETH, *tremblante*. Oui ma tante...

THIERRY, *à part*. Au petit bonheur je me risque... (*haut.*) vous savez, madame Walrade, que j'adore toujours mademoiselle Elisabeth.

WALRADE. Est-ce que tu n'as rien de mieux à faire pour le moment?..

THIERRY, *stupéfait*. Pour le moment... j'ai à porter cette montre que j'ai raccommodée et qu'on attend.

WALRADE, *avec une feinte bonhommie*. Eh bien va et quand tu reviendras, nous causerons de tes affaires...

THIERRY.

Air: *La fortune m'appelle.* (de Vaugelas.)

Dois-je avoir l'espérance
De toucher votre cœur.

WALRADE.

Dans peu je vais je pense
Assurer ton bonheur
Ça f'rait un beau mariage.

THIERRY.

Je vais donc être heureux.

ELISABETH.

Elle nous trompe je gage.

WALRADE.

Ils me le paîront tous deux.

ENSEMBLE.

ELISABETH

Je n'ai pas l'espérance
D'attendrir sa rigueur,
Ma tante je le pense
Ne veut que mon malheur.

WALRADE.

Dans peu j'ai l'espérance
De l'envoyer ailleurs
Porter son insolence
Et sa mauvaise humeur.

THIERRY.

Oui, j'en ai l'espérance
Je toucherai son cœur
Elle va je le pense
Faire notre bonheur.

Thierry sort en courant Elisabeth rentre par la porte à la droite.

SCÈNE IV.

JOB, Mad. WALRADE.

WALRADE. Oui, oui, je vous en prépare du bonheur, j'ai été trop bonne jusqu'à présent, j'ai eu tort, et vous maître Job, vous voyez tout cela, et vous ne dites rien...

JOB, *distrait.* La coïncidence de ces deux lentilles est miraculeuse.

WALRADE. On ne peut donc pas vous arracher de vos réflexions.

JOB, *une prise.* Oui, les réflexions de la lumière, c'est ce qu'on ne saurait trop étudier...

WALRADE, *le secouant.* Mais, vieux fou, écoutez moi donc?

JOB, *étonné.* Quoi?

WALRADE. Vous devenez donc aveugle?

JOB, *avec force.* Aveugle! moi! qui ai découvert un nouveau satellite à Jupiter.

WALRADE. Vous feriez mieux de découvrir ce qui se passe chez vous, vieil idiot.

JOB. Idiot!

Air : (*de l'Avare.*)

Madame je suis astronome
De plus célèbre opticien.

WALRADE.

Oui, vous? vous êtes un pauvre homme
De plus un homme propre à rien.
Oui, vous êtes un propre à rien.
Dans cette maison quels désastres,
Si je cessais d'y commander
Pour chef sachez m'y regarder.

JOB.

Je ne regarde que les astres.

WALRADE. Je vous forcerai bien à regarder autre chose si vous ne voulez pas mendier votre pain... comment ces lunettes ne sont pas encore raccommodées.

JOB. Thierry va s'en occuper.

WALRADE. Thierry ne s'en occupera pas.

JOB. Bah!.. et pourquoi?

WALRADE Parcequ'il n'est plus votre ouvrier.

JOB. Bah!.. et pourquoi?

WALRADE. Parceque vous allez le mettre à la porte sitôt qu'il rentrera...

JOB. Bah!... et pourquoi?

WALRADE. Pourquoi... parcequ'il ne m'est plus possible de le nourrir... il mange trop.

JOB. Dam, les jeunes gens ont.

WALRADE. Et puis il met trop de bois dans le poële.

JOB. Je ne m'en aperçois pas, car j'ai toujours les doigts engourdis... la boutique est froide... voyez vous.

WALRADE. Si vous travailliez davantage vous auriez chaud... mais vous ne faites plus rien, et je serai bientôt forcé de vendre ma maison pour payer les taxes, les habits, le feu, le boire et le manger.

JOB. Allons, allons, Walrade, nous n'en sommes pas là; nous avons bien quelques ducats de côté.

WALRADE. Je n'ai rien de côté, rien... ainsi arrangez-vous, à l'avenir je ferai ma dépense avec ce qu'on recevra dans la journée; cela fait que si vous voulez manger vous travaillerez.

JOB. Mais, vous le savez, jamais je ne refuse d'ouvrage.

WALRADE. Il faut vous arranger pour en avoir plus que cela.

JOB. Je puis raccommoder une montre, faire une lunette, un télescope, mais je ne puis pas faire venir des pratiques.

WALRADE. Je vous dis que vous le pouvez.

JOB. Bah!

WALRADE. Répondez... quand vous avez raccommodé une montre pour quelqu'un, vous la rapporte-t-il jamais?..

JOB Pourquoi la rapporterait-il quand je l'ai mise en état?

WALRADE. Et pourquoi la mettez vous en état?

JOB. Pourquoi?..

WALRADE. Sans doute pourquoi ne pas la raccommoder de manière à ce qu'elle ait bientôt besoin d'une nouvelle réparation.

JOB. Mais on me paye pour que la montre aille bien.

WALRADE. Vous mourrez de faim comme un niais que vous êtes.

SCÈNE V.

Les mêmes, ÉLISABETH.

ÉLISABETH. Tenez, mon oncle, voici votre tartine du soir.

WALRADE, *la prend.* Qu'est-ce que c'est que cette masse de pain, quand on va souper tout à l'heure?...

ELISABETH. Mais, ma tante, il n'est encore que...

WALRADE. Taisez-vous, ruine-maison .. Et vous, maître Job, n'avez-vous pas de honte! Vous allez manger tout ça ?

JOB. Dam... Je ne sais pas ..

WALRADE. Vous ne savez pas... vous ne savez pas ce que ça coûte ? (*Elle la lui jette sur les mains.*)

JOB, *la repousse.* Allons, vous me ferez casser ce verre...

WALRADE. Qu'est-ce que cela me fait? Et vous, mademoiselle, qu'est-ce que vous avez à me regarder ainsi... Vous n'avez pas aussi votre tartine à manger ?...

ELISABETH, *se mettant à travailler à gauche.* Moi, ma tante, je n'ai pas faim.

WALRADE. Oh! oui; vous avez besoin de vous restaurer en cachette.

ELISABETH. Oh! ma tante ..

WALRADE. Oui, oui; je suis trop bonne de vous confier la clef du buffet.

ELISABETH. Oh! mon Dieu, vous pouvez bien la garder; il n'y a jamais rien dans le buffet.

WALRADE. A vous entendre, vous manquez donc du nécessaire?... Elisabeth, vous finirez mal; vous êtes menteuse, gourmande, paresseuse et coquette; qu'est-ce que vous faites là ?...

ELISABETH. C'est un bonnet que je me raccommode, ma tante.

WALRADE, *le lui arrachant.* Un bonnet... Et les serviettes que je vous ai données tantôt ?

ELISABETH. Elles sont finies.

WALRADE. Finies! ça doit être bien fait... Et où avez-vous pris cette garniture ?...

ELISABETH. C'est un morceau de dentelle que j'ai trouvé dans vos chiffons... ma tante.

WALRADE. Et vous avez eu la hardiesse de vous en emparer sans ma permission! (*Elle l'arrache, le met dans sa poche, lui jette le bonnet à la figure en la menaçant.*) Je ne sais ce qui me retient...

ELISABETH. Ma tante...

WALRADE. Il ne vous manquait plus que de me voler, malheureuse!

ELISABETH, *à part.* Qu'elle est méchante!

JOB. Allons, Walrade... ménagez cette pauvre enfant.

WALRADE. Oh! je sais que vous la soutenez... Mais si elle n'était pas la fille de ma propre sœur... je l'aurais vingt fois jetée dans la rue...

SCÈNE VI.

Les mêmes, THIERRY.

THIERRY. Me voilà moi... Maître Job, voici les deux florins pour...

WALRADE. C'est bon... donne...

THIERRY *remet sa main dans sa poche.* Oui, madame... W.... Les voici...

WALRADE. Donne donc...

THIERRY, *désignant la main de Walrade.* J'ai dit les voici... Et maintenant, je vais vous parler au sujet de...

WALRADE. Attends, auparavant, maître Job a quelque chose à te dire... (*Elle passe à la droite de Job et se met à tricotter.*) Allons, parlez.

JOB. Au sujet de quoi?...

WALRADE, *bas* Vous savez ce que je vous ai dit tout à l'heure?

JOB. Tout à l'heure... Ah! oui, pour ces lunettes ?...

WALRADE. Du tout. Pour le mettre à la porte.

JOB. Oh! quoi! vous voulez...

WALRADE, *en fureur.* Oui, je le veux... et nous allons voir... Je le veux...

JOB, *à part.* Allons, il faut avoir la paix. (*Haut*) Eh bien, mon pauvre Thierry, il faut t'en aller.

THIERRY. M'en aller... Où ça ?

JOB. Où ça... (*à Walrade.*) Il demande où ça ?

WALRADE. Qu'il aille où il voudra, pourvu qu'il ne revienne plus.

ELISABETH. Oh! mon Dieu!

THIERRY. Comment, vous me chassez?

JOB. On ne te chasse pas positivement.

THIERRY. Mais on me prie de m'en aller. Enfin, pourquoi; qu'est-ce que j'ai fait ?

JOB. C'est vrai. . Qu'est-ce qu'il a fait ?

WALRADE. Il ne le sait que trop.

JOB. Tu ne le sais que trop, à ce que dit ma femme

THIERRY. Moi, je n'en sais rien.

WALRADE. Eh bien, je vais te le dire... On te chasse, parce que tu es un mauvais sujet, un paresseux, et que tu veux séduire ma nièce.

THIERRY. Moi?...

ELISABETH. Mais, ma tante, cela n'est pas...

JOB. Voyons, s'il ne veut pas la séduire...

WALRADE. C'est bon, j'ai vu ce que j'ai vu.

THIERRY. Je l'aime, c'est vrai... Je vous l'ai dit... Je veux l'avoir pour femme, c'est encore vrai; je vous l'ai dit encore... Mais la séduire, ce n'est pas vrai, je ne vous ai jamais dit ça.

JOB. C'est une justice à lui rendre, il n'a jamais dit ça.

WALRADE. Imbécile! vous attendiez qu'il vint vous prévenir?

JOB. Ça se doit.

WALRADE. Allons, en voilà assez... Tourne-nous les talons et qu'on ne te revoie plus.

THIERRY. Ah! c'est comme ça... Eh bien, je vais faire une plainte à monseigneur le Landgraw et on vous retirera Elisabeth, qui n'est pas votre fille, parce que je dirai que vous la laissez mourir de faim, ainsi que maître Job; que vous les faites travailler comme des chevaux et que vous les battez du matin au soir.

WALRADE, *le menaçant.* Petit serpent!...

THIERRY. Ne me frappez pas...

ELISABETH. Au nom du ciel, Thierry, taisez vous.

WALRADE. Et vous, stupide, vous ne dites rien?

JOB. Thierry, Thierry, tu vas trop loin. Walrade ne m'a jamais battu, je ne l'aurais pas souffert.

THIERRY. Merci; et le soufflet de dimanche?...

JOB. Dimanche!.. Je ne me le rappelle pas.

WALRADE. Va-t-en, infâme menteur!...

THIERRY. Oui, je m'en vais; et sitôt que mon père sera rentré, je me fais conduire devant monseigneur... Oh! vous vous repentirez de ce que vous me faites, allez...

ENSEMBLE

Air : (du Galop de la Patissière)

THIERRY.

Adieu je pars et je vais dès ce soir
Dire tout à mon père.
Redoutez sa colère
Et monseigneur recevra dès demain
La plainte écrite de ma main.

WALRADE.

Allons décampe et bon voyage!
Tu perds ton tems à pérorer.

THIERRY.

Vous tiendrez un autre langage
Dans peu j'ose vous le jurer.

ELISABETH

Helas! il part, je ne dois plus le voir,
Car il va de son père
Exciter la colère.
Malheur sur nous si monseigneur demain
Reçoit la plainte de sa main.

WALRADE.

Enfin il part et j'ai le doux espoir
Que sur lui de son père
Tombera la colère
Quand à la plainte écrite de sa main
Elle doit rester en chemin.

SCÈNE VII.

JOB, WALRADE, ELISABETH.

JOB. Ce pauvre garçon n'est pas content.

WALRADE. Il se contentera.

ELISABETH. Son père va croire, peut-être, qu'il a commis quelque crime.

JOB. Je dirai la vérité à Rupert, il est mon ami.

WALRADE. Votre ami... Un sergent des gardes du Landgraw, un ivrogne, qui trouve toujours moyen de m'insulter quand il me voit. Qu'il vienne! je le recevrai moi; je lui ferai le portrait de son fils.

ELISABETH. Mais, ma tante, Thierry est innocent...

WALRADE. Sans doute; vous devez l'excuser vous; les loups ne se mangent pas.

ELISABETH, *avec dépit.* Mais vous croyez donc... Oh! mon Dieu! mon Dieu! que je suis malheureuse.

JOB. Allons, calme-toi, Elisabeth... Thierry t'aime et tu ne le déteste pas, je le sais... Eh bien, puisqu'il ne peut plus venir te voir chez toi, tu iras le voir chez lui.

WALRADE. Oh!... c'est trop fort... Mais vous êtes donc tout à fait aliéné? Je suis bonne; mais ça va trop loin; il faut que je mette ordre à tout ça... Allons vite, mademoiselle, mettez le couvert, que l'on soupe, que l'on ferme la boutique et que l'on se couche.

JOB. Déjà...

WALRADE. Oui, déjà... Je ne veux plus qu'on allume de lampe... On brûle trop d'huile ici. Allez, mademoiselle; vous m'avez entendue?

ELISABETH. Oui, ma tante. (*Elle s'occupe de mettre le couvert.*)

JOB. Pourtant, j'aurais bien voulu essayer ce verre à la lumière.

WALRADE. Vous l'essaierez demain au soleil, ce sera plus beau.

JOB. Mais puisque c'est pour la nuit...

WALRADE. La nuit on dort et on se porte bien; je n'ai pas envie de me ruiner en tisannes, comme l'hiver dernier. (*Elle prend la tartine que Job n'a pas mangée; elle la coupe et la met à côté des assiettes.*) Il laisserait perdre ce pain, le vieux prodigue! (*à Elisabeth, qui apporte une bouteille.*) Pourquoi cette bouteille est-elle entamée?

ELISABETH. Mais, ma tante, on en a pris un peu à dîner.

WALRADE. Ah! oui, votre oncle, il prend de belles habitudes; s'il continue, il deviendra comme son ami, le sergent Rilpert. (*Elle remplit la bouteille avec de l'eau d'une cruche qui est sur la table; elle s'assied et découpe.*) Eh bien, maître Job, êtes vous prêt?...

JOB. Tout à l'heure... Walrade... tout à l'heure... Je tiens là...

WALRADE. Comme il vous plaira.

ELISABETH, *pressant son oncle.* Venez donc, mon oncle...

JOB. Comment, il faut que j'aille me coucher?

ELISABETH. Mais non, souper.

JOB. Ah! souper, à la bonne heure... Aussi, je disais, il me semble qu'il me manque quelque chose. (*Il se lève et passe du côté de la table.*) Je sens que j'ai l'estomac creux.

WALRADE. Creux comme la tête.

JOB. Oh! la tête, c'est différent, Walrade... c'est différent.

Air : *Le vieux soldat.*

Pour la remplir j'ai fait assez d'études.
De mes succès je doit être content
Et le passé m'offre les certitudes
Qu'un jour mon nom sera Job le savant.
On rend hommage à mon intelligence
Pourtant je dois pour la developper
Longtems encore me nourrir de science.

WALRADE

Il faut alors vous coucher sans souper
Vous devriez vous coucher, etc.

JOB. Ce n'est pas tout à fait mon opinion. Je trouve que ce morceau de pain n'est pas énorme... Je crois que j'y retournerai, car j'ai faim...

WALRADE. Faim!... et la tartine qu'on vous a donnée tout à l'heure, qu'en avez-vous fait?

JOB. J'ai mangé une tartine?... Je ne me le rappelle pas...

WALRADE. Vous ne vous rappelez de rien, vous ne pensez à rien; il vous faudrait toujours une table servie et vingt domestiques à vos ordres.

JOB. Eh bien, nous aurons tout cela quand j'aurai fini mon télescope.

ELISABETH *lui verse à boire.* Souper donc, mon oncle.

WALRADE. Fini! est-ce que vous finissez jamais rien... Fini! et quand comptez-vous le finir?

JOB. Mais, je crois... Oui, je compte que je le finirai quand vous ne serez plus de ce monde.

WALRADE, *en fureur.* Vraiment!... Je vous proteste, maître Job, que je vivrai assez long temps pour vous faire repentir de vos paroles.

JOB, *qui a sa tabatière ouverte, prend du tabac et en verse sur son assiette.* Ce n'est pas cela que je voulais dire; j'étais distrait.

WALRADE. Dites que vous êtes tout à fait fou... A-t-on jamais vu manger du tabac avec de la viande?

JOB *reverse dans la sallière.* C'est ma foi vrai, j'avais mis...

WALRADE *se lève et prend la viande et le vin.* Allons, c'est fini.

JOB, *stupéfait, tient son verre.* Fini!... Je n'ai pas encore...

WALRADE. J'ai fini, vous dis-je... Je suis bonne, mais il y a un terme à tout; je suis lasse de vous entendre me dire des injures. Allons, mademoiselle, emportez cela. (*Elle la fait passer devant elle.*) Quant à votre oncle, il est libre de passer la nuit à table.

(*Elles sortent.*)

SCÈNE VIII.

JOB, peu à près RILPERT.

JOB, *toujours son verre à la main.* Passer la nuit à table... Elle est terrible!... Ne pas me donner le temps de souper... On ne peut pas vivre comme ça. (*Il boit son verre et se lève.*) Il faut que je prenne une résolution, et pour commencer... je vais allumer la lampe...

RILPERT *entre en habit militaire prussien; il est un peu gris; il a un cruchon sous le bras et un gâteau dans du papier; il chante.*

Il faut noyer le chagrin
Dans la folie et le vin.

Bonsoir, bonsoir, Job; comment cela va-t-il, mon vieux rêveur? *(Il le secoue.)*

JOB. Je vais assez bien, maître Rilpert... Oh! oh! comme vous voilà réjoui?

RILPERT. Que voulez-vous, mon pauvre ami; je marche tout seul et sans lunettes; ça ne fait pas votre affaire, n'est-ce pas, savant opticien?

JOB. Ah! ah! c'est un jeu de mots.

RILPERT *pose sur la table le cruchon et le gâteau.* Et comment se porte votre excellente femme?

JOB. Excellente!... Oui, sa santé est excellente.

RILPERT *ôte son baudrier, s'assied et déploie son papier.* Elle n'est pas comme sa santé, n'est-ce pas? Ah! ah! ah! Et mon fils, en êtes-vous toujours content?

JOB. Très-content. Thierry est en état de travailler seul; je lui ai appris bien des choses qu'il ignorait.

RILPERT. Oui, oui, vous en avez fait un savant; il parle du ciel et des étoiles, comme s'il avait causé avec eux.

JOB. Ce sera bien autre chose, quand j'aurai terminé mon...

RILPERT. Je ne m'y oppose pas... Mais, à propos, avez-vous soupé, maître?

JOB. Soupé... Je ne me le rappelle pas; mais il me semble que j'ai faim...

RILPERT. Goûtez un peu de ce gâteau de riz, et vous me direz ensuite des nouvelles de ce cruchon de Muscat, qu'il est inutile que j'emporte au palais.

JOB *s'assied.* Ma foi, j'y goûterai volontiers.

RILPERT, *versant.* Voyons si l'on ne m'a pas volé.

JOB, *mangeant du gâteau.* Vous l'avez payé cher, peut-être?

RILPERT. C'est un cadeau. *(Il boit).*

JOB. Pour l'avoir bon, il faut y mettre le prix.

RILPERT. Allons, il n'y a rien à dire.

JOB, *qui parle du gâteau.* Il est bien cuit.

RILPERT. Cuit au soleil.

JOB. Bah! au soleil?

RILPERT, *lui frappant sur l'épaule.* Eh! sans doute... Buvez donc?...

JOB *boit.* Je ne savais pas que le soleil...

RILPERT *prend sa pipe et se grise tout à fait.* Vous ignorez les propriétés du soleil! Vous qui êtes toujours fourré dedans avec votre lunette, à ce que dit Thierry... Oui, c'est le soleil, mon vieux, qui cuit le raisin... Vous pouvez le lui demander demain matin quand il se montrera.

JOB. Non, Rilpert, non; qu'il ne se montre pas, Walrade ne veut plus le voir.

RILPERT. Hein?...

JOB. Elle l'a chassé ce matin.

RILPERT. Elle a chassé le soleil?

JOB. Hein?...

RILPERT. Qu'est-ce que vous dites?

JOB Je dis que Walrade a prié Thierry de ne plus revenir.

RILPERT. Elle a chassé mon fils... Et pourquoi?

JOB. Je ne me le rappelle pas.

RILPERT. Oh! l'aimable femme! C'est un diable que vous avez épousé là, maître Job.

JOB. Je suis loin de vous contredire... Lors de mon mariage...

RILPERT. Vous avez eu la vue plus courte qu'il ne convient à un opticien.

JOB. Oh! dans ce temps là je n'étais pas fort.

Air: de Colalto.

Je n'étais pas le mécanicien
Des télescopes, des horloges
Qui de tout brave citoyen
M'ont valu de nombreux éloges
Triste et tout seul à végéter
Rêvant aux astres, aux planètes,
Je ne fesais que des lunettes.

RILPERT

Vous auriez mieux fait d'en porter.

Vous auriez pu distinguer les qualités de votre admirable moitié.

JOB. N'en disons pas de mal.

RILPERT, *qui boit à chaque phrase.* Prendre une femme qui n'avait pas un ducat, avare comme une vieille noix, laide comme les sept péchés mortels, méchante comme un vieux singe, et, par dessus tout ça, plus vieille que vous de dix ans au moins.

JOB. Avouez, maître, que c'est ce qu'il y a de plus heureux.

RILPERT. Heureux!... Pourquoi donc?

JOB. Pourquoi?... Parce que... parce que j'ai l'espoir de la voir mourir avant moi et de pouvoir terminer mon...

RILPERT, *riant.* Ah! ah! Bravo, Job... bravo. Vous ferez comme moi; depuis la mort de ma défunte je me console de mon mieux... Buvons.

Air: de Robin.

Oui, pour noyer mon chagrin
Maître Job, chaque matin
Moi je prends pour femmes
Deux bouteilles de bon vin
Et je porte dans mon sein
Mes divines compagnes.

SCENE IX.

Les mêmes, WALRADE, puis ELISABETH.

WALRADE. Qu'est-ce que je vois là, mon Dieu!

JOB. Oh!...

RILPERT, *tout à fait gris.* Eh! c'est l'excellente madame Walrade; elle a l'air de se bien porter, ma foi!

WALRADE. Je me porte comme je veux; ça ne vous regarde pas; et je viens vous demander si vous avez dessein de m'empoisonner; votre puante fumée emplit toute ma maison. Si vous voulez tenir ici un cabaret, maître Job, mettez y un enseigne : à la tête de fou; il ne faudra que peindre la vôtre.

RILPERT. Je lui conseille moi de mettre à la bonne femme; il n'aura besoin que de vous peindre sans tête. Ah! ah!

WALRADE, *lui arrachant sa pipe.* Tiens! voilà pour tes ah! ah!

RILPERT. Oh! oh!

WALRADE. Et vous, maître Job, n'avez-vous pas de honte de me voir traiter ainsi et d'amener des ivrognes pour m'insulter; je suis bonne, mais il ne faut pas me pousser à bout. Expliquez-vous; pourrons-nous ou non avoir de la tranquillité dans cette maison.

JOB. Oui, ma chère amie; tout y sera bien tranquille quand vous serez...

RILPERT. Morte...

WALRADE *prend le cruchon.* Voulez-vous bien sortir d'ici, vieil ivrogne.

RILPERT. Je vous attends pour vous conduire au cimetière.

WALRADE *lui casse le cruchon sur la tête.* Tiens! tu iras avant moi, misérable. (*Il tombe d'ivresse par terre, contre la chaise.*)

ELISABETH, *qui est entrée vivement.* Ma tante .. ma tante!...

WALRADE. Insulte-moi, maintenant, vieux coquin!... Qu'on le jette dans la rue et qu'on ferme la boutique.

Elle rentre.

SCENE X.

JOB, RILPERT, ELISABETH.

ELISABETH, *soulevant Rilpert.* M. Rilpert... M. Rilpert... Oh! mon Dieu... mon Dieu!... Mon oncle... mon oncle... On dirait qu'il se meurt...

JOB. Non... non... Je vais lui donner quelques gouttes d'élixir... (*Il va chercher un flacon près de son établi.*)

ELISABETH. Dépêchez-vous, mon oncle, il est bien mal.

JOB. Où est donc ce flacon?

ELISABETH. Comment, vous ne le trouvez pas... Je vais demander quelque chose à ma tante. (*Elle entre à droite.*)

JOB. Ah! le voilà... Comme ce bouchon est abîmé! (*Il se met à le raccommoder.*) On ne pourra plus s'en servir s'il reste comme cela... J'avais pourtant dit plusieurs fois... D'abord, c'est mal fait... on ne devrait jamais...

ELISABETH, *rentrant.* Ma tante est sans pitié; elle n'a pas voulu me laisser prendre de vinaigre. (*Elle se penche sur Rilpert, qui ronfle; elle lui ôte son casque.*) Mais, mon Dieu! il étouffe, et personne...

SCENE XI.

Les mêmes, THIERRY.

ELISABETH *court au-devant de lui.* Ah! c'est vous, Thierry.

THIERRY. Oui, on m'a dit que mon père était ici?

ELISABETH. Le voilà! tenez, presque mort.

THIERRY *s'élance.* Mort!...

ELISABETH. C'est ma tante qui l'a renversé d'un coup sur la tête.

THIERRY. D'un coup sur la tête? Elle est donc enragée, votre tante... Mon père!... mon père!... (*Il s'aperçoit que son père est gris.*) Ah! bon, bon. Je vois ce que c'est.

ELISABETH. Eh bien?

THIERRY. Ne vous effrayez pas, Elisabeth, ce n'est rien... C'est... c'est une indisposition.

ELISABETH. Mais il faut lui faire prendre quelque chose.

THIERRY, *le relevant.* Non c'est inutile,

il en a assez pris... Allons, mon père... Allons donc...

RILPERT. Laissez moi dormir.

ELISABETH, *à Job.* Ah! le voilà qui revient... Mon oncle... il n'est pas mort.

JOB, *qui a raccommodé le flacon.* Qui ça?...

ELISABETH. Eh bien! M. Rilpert... Il est revenu à lui...

JOB. Ah! tant mieux... Tiens, vois-tu, ce flacon ne bougera plus.

THIERRY. Elisabeth, aidez moi à conduire mon père, et je vous expliquerai un projet pour nous venger de votre tante.

ELISABETH. Mais, si elle s'aperçoit que je suis sortie.

THIERRY. Vous ne serez qu'un instant. (*à son père.*) Allons, venez, mon père, vous serez mieux dans votre lit.

RILPERT. C'est juste, mets moi dans mon lit.

JOB. Vous partez, maître Rilpert.

RILPERT. Oui, je pars... Au revoir, Job... au revoir... bonsoir...

THIERRY. Adieu, maître Job.

JOB. Adieu, mon garçon. (*Il les conduit jusqu'à la rue.*) Prends garde à Walrade; je te dis ça en ami.

THIERRY. Vous pouvez lui dire qu'elle payera cher ce qu'elle a fait à mon père...

SCENE XII.

JOB, puis WALRADE.

JOB. Je n'y manquerai pas, mon garçon, je n'y manquerai pas. (*Il cherche sa tabatière, qui est restée sur la table.*) Où est donc ma tabatière?

WALRADE, *dans la coulisse.* Elisabeth!... Elisabeth!...

JOB, *cherchant toujours sa tabatière.* Je l'avais pourtant il n'y a qu'un instant.

WALRADE. Ah! il est parti; ce n'est pas malheureux... Elisabeth!... Eh bien, où est elle?

JOB. Elle ne peut pas être perdue.

WALRADE. Enfin, où est-elle?

JOB. Je la cherche.

WALRADE. Est-ce qu'elle serait sortie?

JOB. Sortie... Je ne crois pas, je la tenais tout à l'heure.

WALRADE, *regardant à la porte.* Ah! elle sort sans ma permission.. Elle me le paiera.

JOB, *qui a retrouvé sa tabatière.* Ah! la voilà...

WALRADE. Oh! mais je veux savoir où elle est allée... Il faut que je la trouve.

JOB, *montrant sa tabatière.* Je vous dis que la voilà...

WALRADE *lui fait sauter le tabac dans les yeux.* Eh! laissez moi tranquille.

JOB, *s'essuyant.* Oh! pourquoi me faire de ces choses là... Vous avez tort...

WALRADE. Qui est-ce qui a tort ici... Parlez?...

JOB. Ce n'est pas moi, toujours.

WALRADE. Ce n'est pas vous qui cherchez tous les moyens de me désespérer?

JOB. Ce n'est pas mon projet.

WALRADE. Vous qui me mettez dans des colères qui me feront mourir.

JOB. Que voulez vous? Nous sommes tous destinés à mourir, grâce au ciel.

WALRADE. Je suis trop bonne... J'aurais dû vous abandonner depuis longtemps.

JOB. C'est vrai, vous l'auriez dû. (*Il prend la lampe.*)

WALRADE. Je crois, Dieu me pardonne, que vous allez allumer la lampe?

JOB. Dam! pour y voir... il faut...

WALRADE, *la lui arrachant.* Je vous le défends; je suis la maîtresse, je crois!

JOB. Je ne le vois que trop.

WALRADE. Où en serions nous, si je vous laissais faire, enfin; avez-vous à vous plaindre de l'ordre et de l'économie que je maintiens dans la maison.

JOB. Je ne dis pas, mais...

WALRADE. Grâce à moi, ne jouissez vous pas de la plus belle réputation de conduite et de probité.

JOB. C'est vrai, pourtant.

WALRADE. Avez-vous une tête à penser à quelque chose? Que feriez vous sans moi... parlez...

JOB. Dam! Je ferais... je ferais mon télescope. (*La nuit vient peu à peu.*)

SCENE XIII.

Les mêmes, ELISABETH.

ELISABETH, *entrant en pleurant.* Ah! ah! grands Dieux, quel malheur!

WALRADE. Qu'est-ce que c'est... qu'y a-t-il?...

ELISABETH. Oh! oh! ma pauvre tante... qu'allez vous devenir?... Oh! oh!...

WALRADE. Parleras-tu, au lieu de pleurnicher?...

ELISABETH. Oh! oh! Je ne sais comment vous apprendre cela, et pourtant ça vous regarde particulièrement.

WALRADE. Elisabeth,.. je perds patience...

ELISABETH. Figurez-vous, ma tante, que maître Rilpert vient de mourir.

WALRADE. Tant mieux...

ELISABETH. En vous accusant de sa mort.

JOB. Il vient de mourir...

ELISABETH. Au milieu de la place, entre les bras de son fils, qui se désespère... Toute la ville était accourue, et quand on a su que c'était vous, ma tante, qui l'aviez tué...

WALRADE. Moi?...

ELISABETH. Ils ont parlé d'abord de venir mettre le feu à la maison.

JOB. Bah! vraiment?

WALRADE. Mais c'est infâme!...

ELISABETH. Le vieux ministre les a retenus, en disant qu'il fallait à l'instant porter plainte au prévôt, qui est inexorable, comme vous savez... Oh! oh!

JOB. C'est vrai qu'il est sans égards pour les coupables.

WALRADE, *qui s'effraie peu à peu.* Enfin! enfin!...

ELISABETH. Enfin, tout le monde assure que vous serez incontestablement condamnée...

WALRADE. A quoi?

ELISABETH. Hélas!... à être pendue.

WALRADE. Pendue!...

JOB. Pour meurtre... C'est inévitable.

WALRADE. Pendue!... moi?...

ELISABETH. Oui, pendue!.... Quelle mort terrible et honteuse pour une femme.

WALRADE. Mais ce n'est pas moi qui l'ai tué, ce misérable!

ELISABETH. Il l'a affirmé avant de mourir.

WALRADE. Mais ton oncle peut déclarer que c'est faux; dites, dites, Job, me laisserez vous accuser ainsi?

JOB. A dire vrai, je crois que vous lui avez cassé une cruche sur la tête et ça l'aura contrarié. (*Plusieurs personnes paraissent par le vitrage.*)

ELISABETH. Ma tante... ma tante... Voilà déjà les curieux qui entourent la maison.

WALRADE. Oh! mon Dieu! il serait possible? (*Elisabeth va regarder au fond.*) Que disent-ils?

ELISABETH. Ils disent qu'on va venir vous prendre pour vous mettre en prison, et qu'au plus tard après demain vous serez pendue.

WALRADE. Que faire, Job, que faire?...

JOB, *qui a pris la lampe pour l'allumer.* Vous vous faites un fantôme de cela; vous avez tort. Nous savons, par des rapports physiques, qu'on ne souffre pas longtemps à être pendu.

WALRADE. Oh! si je ne me retenais... je vous tuerais auparavant. (*Elle se jette dans un fauteuil.*)

ELISABETH. Mais la honte, mon oncle, la honte!

JOB. Je conviens que c'est désagréable. (*Il sort par la porte à gauche.*)

LE PEUPLE, *dans la rue.* La voilà!...

WALRADE. Je suis perdue.

ELISABETH, *à part.* N'oublions pas la leçon de Thierry. (*Haut.*) Ma tante, il y a un moyen de vous sauver.

WALRADE. De me sauver... Parle, que faut-il faire?

ELISABETH. Des folies... des extravagances...

WALRADE. Comment?...

ELISABETH. Vous savez qu'on ne peut pas condamner un fou!... Nous ferons accroire que vous avez perdu la raison, et vous êtes sauvée. (*Elle lui met le baudrier et le chapeau de Rilpert.*)

WALRADE. Je ne consentirai jamais...

ELISABETH. Voulez-vous donc subir le déshonneur d'être pendue? Préparez vous, je vais leur ouvrir.

WALRADE. Oh! miséricorde! quelle honte! (*Elisabeth ouvre la porte du fond; le peuple entre; on voit Thierry dans le fond, qui regarde.*)

SCENE XIV.

JOB, ELISABETH, WALRADE, la mère GUILHEM, PEUPLE.

MORCEAU D'ENSEMBLE.

LE PEUPLE, ET LA MÈRE GUILHEM.

La voilà, taisons nous.
Prenons garde à ses coups
On remarque à ses yeux
Un accès dangereux.

ELISABETH.

Ma tante, soyez résolue,

WALRADE.

Hélas, d'avance quel tourment!

ELISABETH.

Songez que vous serez pendue
Si vous hésitez maintenant.

REPRISE DU CHŒUR.

La voilà, etc., etc.

(*Job rentre avec la lampe allumée et va se mettre à travailler.*)

La mère **GUILHEM**. C'est donc vrai !...

ELISABETH. Oh ! mon Dieu ! oui, mère Guilhem ; ma pauvre tante est folle depuis hier matin.

La mère **GUILHEM.** Pauvre femme ! (*A Job.*) Voilà un grand malheur qui vous arrive, maître...

JOB. Hein ?...

La mère **GUILHEM.** Votre pauvre femme !... Je dis que c'est un grand malheur.

JOB. Ce qui lui arrive ; oui, oui ; c'est un malheur pour elle, j'en conviens.

La mère **GUILHEM.** Enfin, que voulez-vous ? il faut se soumettre aux décrets de lap rovidence.

JOB. Oui, aux décrets de la providence et au jugement du prévôt...

La mère **GUILHEM.** Et comment sa folie s'est elle manifestée ?

JOB. Vous parlez de sa folie. Oh ! elle s'est manifestée la première fois par un coup de chandelier.

La mère **GUILHEM.** Qu'elle a reçue ?...

JOB. Non... Qu'elle m'a donné sur la tête le lendemain de notre mariage. (*Il se remet à travailler.*)

La mère **GUILHEM.** Oh ! il y a si long temps que ça, pauvre femme ! Elle a l'air un peu tranquille, maintenant.

ELISABETH, *bas a Walrade.* Allons, ma tante, faites donc quelque chose...

WALRADE. Et que faut-il que je fasse, grands Dieux !...

ELISABETH. N'importe quoi, pourvu que ce soit extraordinaire : tirez votre épée. Mais vous ne voulez donc pas vous sauver de la corde ?... Allons donc.

WALRADE, *à part, tirant l'épée, aidée d'Elisabeth.* Je vais devenir la fable de la ville ! oh ! j'en mourrai !

La mère **GUILHEM.** Oh ! c'est bien ça, c'est bien un mouvement de fou ; j'en ai assez vu à Baden ; voyez donc, maître Job... voyez donc...

JOB *regarde et se lève.* Tiens, qu'est-ce qui lui a pris de s'affubler ainsi ? Dites-moi, Walrade, que prétendez vous faire ? (*Il veut passer à elle.*)

WALRADE, *le menaçant.* Vous tuer si on ne me laisse pas tranquille. (*Le peuple rit.*)

ELISABETH. Mon oncle, ne la contrariez pas.

JOB. La contrarier, moi !... ça ne m'est jamais arrivé ; pourtant, je la trouve singulière.

La mère **GUILHEM.** Attendez, elle va me reconnaitre... je vais la calmer... Ma chère madame Walrade...

WALRADE, *à part.* Servir de jouet à ces misérables ! (*Haut.*) Grand Dieu ! ôtez-moi ça de devant les yeux... C'est l'enfer ! c'est l'enfer !

JOB, *qui l'examine.* J'ai toujours pensé qu'elle en arriverait là.

La mère **GUILHEM.** Elle a juste la même folie qu'une femme que j'ai vue dans une cage de fer.

ELISABETH. Comment, on les met dans des cages ?

La mère **GUILHEM.** On les y attache et on les arrose avec de la glace pendant tout l'hiver.

WALRADE, *à part.* Quelle horreur !

JOB. Oui, ça les fait beaucoup souffrir. Enfin, c'est pour leur guérison.

La mère **GUILHEM.** On ne les guérit jamais, maître Job ; au contraire, on fait devenir fous ceux qui ne le sont pas.

WALRADE, *à part, en frémissant.* Ce n'est que trop vrai.

La mère **GUILHEM.** Quelquefois, on les fait devenir enragés et alors on les étouffe.

WALRADE *à part.* Miséricorde !...

La mère **GUILHEM.** Il ne faut pas que maître Job la mette dans aucune maison de fous... Il vaut mieux la garder et la traiter avec douceur...

JOB. Ce n'est pas mon opinion ; on la soignera beaucoup mieux à Baden que je ne pourrai le faire moi même.

WALRADE, *voulant s'élancer sur Job.* Oh ! le misérable stupide.

ELISABETH, *la retenant.* Prenez garde, ma tante.

La mère **GUILHEM.** Ah ! voilà que ça lui reprend .. On devrait lui attacher les mains par précaution ; je vais aller prévenir quelqu'un.

WALRADE *la saisit par le bras.* Mais, malheureuse femme, je ne suis pas folle.

La mère **GUILHEM**, *effrayée.* Non, non, vous ne l'êtes pas.

LE PEUPLE. Il faut l'attacher ; allons chez le prévôt.

WALRADE. Mais je ne suis pas folle, je vous dis.

La mère **GUILHEM.** Ils disent toujours ça.

WALRADE. Et je suis innocente du crime dont on m'accuse.

La mère **GUILHEM.** Oui, oui, vous êtes innocente...

WALRADE. C'est ce misérable qui est venu m'insulter chez moi, et, s'il est mort, ce n'est pas du coup que je lui ai donné.

La mère **GUILHEM.** Elle croit avoir tué son mari... Non, madame Walrade, maître Job n'est pas mort.

WALRADE. Maître Job, mort !... Ah ! mon Dieu ! mais je déraisonne donc ?

ELISABETH, *à part.* Elle me fait peur, maintenant. (*Rires du peuple.*)

WALRADE Ils rient... ils se moquent de moi. (*Elle les menace de son épée.*) Exécrable canaille... (*Le peuple se précipite vers la porte.*)

ELISABETH. Ma tante...

La mère GUILHEM. Madame Walrade !

WALRADE. Laissez moi. (*Elle jette son épée et son chapeau.*) Laissez moi; je deviens tout à fait folle. (*Elle se précipite dans sa chambre.*)

SCENE XV.

JOB, la mère GUILHEM, ELISABETH.

ELISABETH. Je n'ose pas la suivre; je suis fâchée maintenant de ce que j'ai fait.

La mère GUILHEM. Eh bien, maître Job, qu'est-ce que vous dites de cela ?

JOB. C'est miraculeux ; jamais elle n'en avait fait autant.

La mère GUILHEM. Oh! sa folie est arrivée à son dernier degré... Elle ne vivra plus long temps.

JOB. Vous croyez ?

La mère GUILHEM. J'en suis sûre ; j'en ai tant vu ! Tenez, je ne serais pas étonnée qu'elle passât dans la nuit.

JOB. Hélas ! Dieu me l'a donnée ! il est le maître de la reprendre.

Air : *A vos fous il ne manque rien.*

Je vais donc pouvoir maintenant
Finir le telescope immense
Qui doit ouvrir la firmament
Aux recherches de la science
Walrade, c'est tout naturel;
Partant pour l'enfer corps et âme,
Je pourrai contempler le ciel
Sans crainte d'y trouver ma femme.

SCENE XVI.

Les mêmes, THIERRY.

THIERRY. Eh bien?...

La mère GUILHEM. Cela n'est que trop vrai, Thierry, et vous aviez raison ; elle est folle à lier.

THIERRY. On vous attend au palais, dame Guilhem ; il y a déjà plusieurs notables qui ont appuyé la déclaration que j'ai faite.

La mère GUILHEM. J'y cours, Thierry, j'y cours ; j'en ai vu assez pour affirmer la vérité. Oh ! mon Dieu ! ce que c'est que de nous. (*Elle sort précipitamment.*)

SCÈNE XVII.

JOB, THIERRY, ELISABETH, puis WALRADE.

THIERRY. Eh bien, mon Elisabeth, tout a réussi.

ELISABETH. Mais, savez-vous que ma tante en est malade ; je crains que nous n'ayons été trop loin.

THIERRY. Du tout ; il lui faut une leçon ; n'est-ce pas, maître Job ?

JOB. Hein ?...

THIERRY. N'est-ce pas que votre femme avait besoin d'une leçon ?

JOB. Oui, oui, c'est mon opinion.

ELISABETH. Mais, si la leçon est trop forte ?

JOB. Que veux-tu, mon enfant ; quand on n'en reçoit qu'une, il faut qu'elle soit bonne... Elle lui profitera, avec l'aide de Dieu et du prévôt.

THIERRY. C'est moi qui ai inventé cela.

JOB. Inventé quoi ?...

THIERRY. La ruse... car mon père se porte très-bien.

JOB. Ah ! tant mieux !

THIERRY. Et madame Walrade en sera quitte pour la peur.

JOB. Ah ! tant pis.

ELISABETH. Comment, mon oncle, vous voudriez qu'elle mourût ? (*Walrade paraît à la porte.*)

JOB. Non pas positivement ; mais s'il y avait un moyen de la fourrer dans quelque chose dont elle ne pût jamais sortir... je pourrais alors terminer mon...

ELISABETH, *bas, voyant Walrade.* La voilà. (*Puis, se mettant aux genoux de Thierry.*) Au nom du ciel, M. Thierry ; par grâce ! par pitié ! ne perdez pas ma tante.

THIERRY, *haut à Walrade.* Maintenant, que puis-je moi ?... M. le prévôt sait toute l'affaire.

ELISABETH, *feignant de pleurer.* Vous pouvez dire que c'est un mouvement de vivacité et ma tante sera sauvée ; et cela dépend de vous, je le sais.

JOB. Au fait, Thierry, si cela se peut, pardonne-lui pour cette fois.

THIERRY. Madame Walrade m'a fait trop de mal.

ELISABETH. D'ailleurs, elle est folle, la pauvre femme!

THIERRY. Folle, folle; c'est ce qu'il faudra prouver.

JOB. Quant à cela, Thierry, c'est facile.

ELISABETH, *se relevant.* Eh bien, monsieur, si vous faites pendre ma tante, je ne serai jamais votre femme.

THIERRY. Et vous ne la seriez jamais tout de même, puisqu'elle refuse son consentement.

WALRADE *s'avance.* Et, si je le donnais, Thierry.

THIERRY. Oh! alors, vous seriez ma belle-tante, et j'y regarderais à deux fois.

WALRADE. Eh bien, je consens à tout.

THIERRY, *qui a sorti un papier de sa poche.* Signez-le donc.

WALRADE. Donne, mon garçon, donne. (*Elle va signer; à part.*) Oh! je me vengerai, et ce mariage ne se fera pas. (*Haut.*) Tiens, Thierry, songe maintenant que tu es mon fils.

SCENE XVIII.

Les mêmes, LE PEUPLE, la mère GUILHEM, RILPERT, *suivi de deux gardes portant des torches.*

CHŒUR.

C'est en notre présence
Qu'ils vont avoir l'honneur
D'entendre l'ordonnance
Qu'a rendu monseigneur.

WALRADE, *apercevant Rilpert.* Le voilà, il n'est pas mort! Ah! on m'a indignement trompée. (*Elle veut se jeter sur lui.*) Misérable!

RILPERT. Contenez cette femme; et vous, maître Job, veuillez lire tout haut la présente ordonnance, signée par notre auguste souverain. Ecoutez... écoutez tous.

WALRADE *veut faire un mouvement, les gardes la retiennent; elle pousse un cri.* Oh!

RILPERT. Silence!

JOB, *qui a ses lunettes sur le front.* Où sont donc mes lunettes?

ELISABETH. Vous les avez là, mon oncle.

JOB. C'est ma foi vrai; je ressemble à l'homme qui cherchait son âne.

WALRADE. Vous ressemblez plutôt à l'âne.

RILPERT. Silence!

JOB. M'y voilà!

RONDEAU:

Air: *Ne raillez pas la garde citoyenne.*

De Rudeldorf, nous souverain Landgrave,
Vu le rapport de nos bons habitans,
Vu les témoins d'un accident fort grave,
Nous prononçons les arrêts ci-présens:
De maître Job que la femme Walrade,
Dont la folie est un sujet d'effroi,
Ait pour gardien le chef d'une brigade
Qui répond d'elle aux termes de la loi.
Si par hasard une autre violence
De cette dame arrivait jusqu'à nous
Nous ordonnons qu'elle soit par prudence
Mise à Baden dans la maison des fous.
Considérant, au rapport de son âge,
Qu'on n'aurait plus d'espoir de guérison,
Nous déclarons qu'il est prudent et sage
De préparer d'avance un cabanon.

REPRISE.

De Rudeldorf, etc.

WALRADE. Mais c'est une invention de l'enfer!

JOB. Allons, Walrade, il faut se soumettre; l'ordre est précis.

WALRADE, *voulant lui donner un soufflet.* Tenez, voilà pour vous.

TOUT LE MONDE. A la maison des fous!...

RILPERT *arrête le bras de Walrade.* Madame Walrade! je vous pardonne pour la dernière fois. Enlevez-lui toutes les armes blanches et à feu qu'elle pourrait avoir sur elle. (*Les gardes la fouillent; Rilpert veut lui prendre son trousseau de clefs.*) Vous résistez... Bastonnach, allez faire préparer une voiture, nous allons partir pour Baden.

WALRADE *les lui donne.* Tenez, misérable voleur.

RILPERT. Maître Job, c'est moi qui suis chargé de surveiller votre digne femme; vous pouvez voyager dans le soleil et dans la lune; je garde la maison; voilà toutes les clefs, que je remets à votre nièce, en la priant d'en faire bon usage et de me confier de temps en temps celles de la cave.

WALRADE. Ah! ma maison est ruinée, perdue.

RILPERT. Ecoutez, mon adorable dame; vous êtes libre de pester, de vociférer tout à votre aise; personne n'y prendra garde; seulement, si vous allez plus loin, on vous enfermera dans votre chambre.

WALRADE. Je veux qu'on m'y conduise

à l'instant, pour être délivrée de votre présence.

RILPERT. Bastonnach, éclairez madame.

WALRADE. Oui, oui; et j'y mourrai sans prononcer un mot, pour vous faire enrager. (*Elle sort, précédée de Bastonnach*)

ELISABETH. M. Rilpert, il ne faut pas maltraiter ma tante... Vous savez bien?

RILPERT. Je sais tout, mon enfant; et monseigneur le Landgrave aussi. (*A Job.*) Mon vieil ami Job, notre auguste souverain, dont vous avez toujours l'amitié, l'admiration, a pensé qu'en effrayant votre femme on parviendrait peut-être à la corriger. Monseigneur vous laisse donc libre, quand vous le jugerez convenable, de faire cesser la surveillance que je suis chargé d'exercer sur elle.

JOB. Ah! je suis heureux! le digne seigneur a toujours confiance en moi; j'irai le remercier, Rilpert, et lui demander la grâce de Walrade, sitôt que j'aurai fini mon...

THIERRY, *le retenant.* Maître Job, je ne vous laisserai travailler qu'après mon mariage avec votre nièce.

JOB. Mais le consentement de Walrade?

THIERRY. Elle l'a signé.

JOB. Bah!...

THIERRY. Le voilà.

JOB, *qui les a pris par la main.* Mes enfans, je vous unis sur-le-champ, afin de pouvoir terminer mon.....

AU PUBLIC.

Air du vaudeville des *Mémoires.*

Mon télescope aux nombreux amateurs
Apparaîtra bientôt, je le proteste.
Mais, avant tout, je dois des spectateurs
Solliciter cette sphère céleste.
Heureux, messieurs, si, comblant mon espoir,
Votre indulgence à mes yeux se dévoile;
Car je pourrai répéter chaque soir :
J'ai découvert ma bonne étoile.

FIN.

Paris, imp. de POLLET, SOUPE et GUILLOIS, pass. Lemoine. — (MAILLET.)

www.ingramcontent.com/pod-product-compliance
Lightning Source LLC
LaVergne TN
LVHW050240030726
842520LV00006B/2116
9782013752992